U0737419

柔和之令

水印 著

长江出版传媒
长江文艺出版社

水印

诗人，艺术家，唱诗者

1978 年生，2007 年写诗

2012 年出版诗集《象外之花》

2017 年出版诗画集《涌上白昼》

2018 年举办个展《时间之痕》

2021 年举办个展《例外》

现居兰州

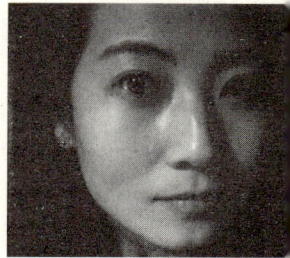

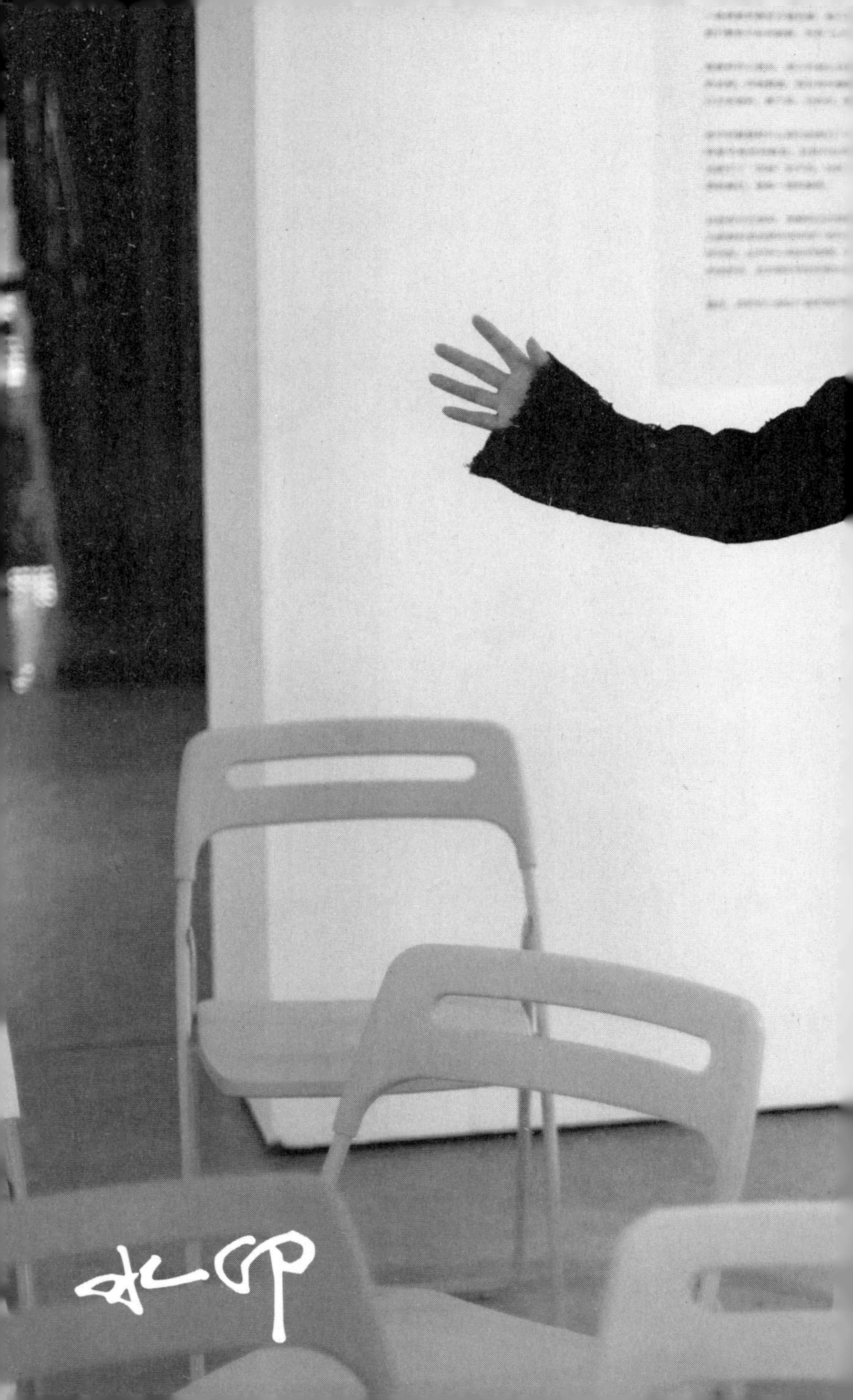

目录

I 帷幔

II 绒毛

Ⅲ 静坐的症候与歌

Ⅳ 意外肖像

V 方法论

VI 你斗转星移的标本还在吗

I 帷幔

谜

在天空的深井里
我安详地捏造
心灵的原貌

心灵的原貌
有被蒙蔽的玫瑰
世上的水坝都仰面

2018

2020. 11. 2

生　活

这脚的朝圣者
杯子里总满着
总缺着

2019. 1. 10

2020. 11. 19

抚　摸

今天我看见镶嵌　是一个无用的事情

在材料上摩挲

按压打磨

这一个尝试　多么像今天的我

还在写着诗

上天曾让我睁开眼睛　张开嘴

我伸开胳膊　我孩子缎子一样地抚摸我

抚摸是一件最有用的事情

这世界自从睁开它的眼睛

我抚摸你

无用的我多么爱你

2020. 9. 17

菩萨的折纸

天空薄薄地横在心翼
你只需轻轻一个手势
白昼广阔　横竖都是心头

你是你夜中仅有的菩萨
当你睡去　当你盘桓着
当菩萨的折纸　正反都是明月

2020. 8. 8

帷 幔

一个天光　一簇美貌
一个忧愁　一段生活
让我随着什么去
让我随着什么在

帷幔　肉体短暂
你在我终生弥补着的缝隙里
而那里　而那里
充满而空荡……

2019

祈祷者也是我朋友

花朵下降
在未知的膝头呜咽

降临的时候
曾带着风暴

在此时闭合
在此时的风暴口
祈祷者也是我朋友

2019. 8. 27
2020. 9. 29

现在你是谁

现在你是谁
在横木倾来
斜跨的夕阳

现在你是谁
杯中的蛇与你坦诚
纯洁是一个有意识的片断

现在你是谁
钟声一再传来
整夜整夜的木樨是
你与你所持横木
之间梦的片断
定义为一个停滞的笑
一个盛放的失败
一个极致的插入时间的记忆

2019. 7. 27

2020. 9. 30

我化身永恒的爱人

我化身永恒的爱人
光的缝隙该解决一切
它具体，它有服役者的眼睛
它描述我们所有声音
它是博大的开放与消遁
它应和霞般的敏感
它是节奏的仆人

我化身永恒的爱人
实质的独有的被占有的语言
生者，逝者，将要到来者
以一种非常奇怪的方式找到一种声音，
试图看到某种东西，在深渊中叫出某种东西

我化身永恒的爱人
缝隙是深渊的引言
它没有意义
它从说完开始
它没有意义
它是服役者与引领者的声音

它带领我们再次走向开始

2019. 7. 10

回到荒野

我们要反复地，回到荒野
回到荒野
覆盖是你的声音
回到荒野
养育是你的故障

我们的一切
一切曾经被写下
而此时
夏天已被大风种植
在虚空的各处
唯有你无限的充满

回到人的荒野
覆盖是你的声音
我什么都没有说出
我什么都未曾说出

2019. 7. 8

恋爱的服从

恋爱的水银造就着谷物

恋爱在内部清澈地呼吸

回到皿中

透亮地听

十万个驶往与真实的回来

与你拥抱

我想起霞光

静脉里的山

我涂抹面包上的颗粒酱

动作形成运动的线条

恋爱的水银造就着谷物

恋爱诠释人的忧伤与有时完全丢掉忧伤这回事

我服从饮食与爱创造的这根线条

如服从纸上命运的书写

服从铁中的水分

服从击打与火焰的再来

这是一种常有的果腹

2018

2020. 10. 14

羊

还有最后一声

羊
回答者就是提问者

羊
你的眼角上挑
红
柔弱仁慈

还有最后一声
羊
你没有房子和草屋

山坡上人们已离去

羊
你无人看管

羊

你看管我

羊
你的眼角上挑
红
你看着我

我的宝石不换
我的星星不落
羊　我的都在你那里

最后一声　红
都在你那里

2019. 2. 21

孩　子

脸颊
孩子
我说脸颊是我未曾摘到的果子
我一定不能挨着它　而我会望着你

眼睛
孩子
我说眼睛是我未曾到达的航线
我一定不会描写它　而我会望着你

鼻子
孩子
我说鼻子是我未曾梦见的地势
我一定不要逼近它　而我会望着你

头发
孩子
我说头发是我未曾谋面的芬芳
我一定不想换取它　而我会望着你

胳膊

孩子

我说胳膊是我未曾转弯的路径

我一定不知所措　而我会望着你

腹部

孩子

我说腹部是我未曾忘记的回路

当我望向你们时

我就回来这小小的阔地

2019. 7. 12

生　日

我在等一个停止

忍耐伸出小胳膊

冬天的髋骨上

春天的二十二次

经过小而紧缩的森林

一路上

被时间

一个一个地砍伐

起誓过

终生绝望而不忧郁

是这样吗

在吊悬的时间中

慢慢地画平行线

慢慢地画错误线

一定热爱一些

并起誓终生幸福

2019. 2. 22

2020

再致乔

孩子
在存有雾的地方
成长着更大的雾
它将弥漫着更大的浓郁

记忆会分辨我们躺在梦里的动作
多么轻柔
梦在用力

为什么是你　孩子
在意义的水池里
意义像食物进入身体前那样在容器中搅拌
鱼身整齐，滑动，跳跃
匍匐，匍匐我心，我腹部明亮
我曾高高举起你
黑黑的黑夜
一下子就白了

我在存有你的地方
写下你

每当到了夜晚

你的笑靥就更往上走了，走到眉梢处

再掉下来

天忽然就亮了

孩子，我们一起睡眠了这么久

当美好又一次裹缠轻雾

鱼身会更轻更轻地滑开

2020. 7. 31

呼　吸

到现在为止　未曾跑偏
线索的路径何时停止
在海水的骨盘上
是否每次锁扣的
都是自如的母性

2019

Ⅱ 绒毛

爱

这是真的
举起你
这是真的
抚摸你

你的手啊
勤劳的手
我的主啊
莫名的主

2019. 8. 28

沉默的时候

是呼吸的概况
是咬紧世界的　是轻轻地
是狠命笼罩着的低处
最低的地方是哪个地方？

是沉默的时候
是等光破了的时候
是等阴影瞬间脱离永恒的延迟
那个时候　光的楔子就会重新进入你

是你曾退后一步
是你曾存有比沉默还沉默的
是你再退后一步
我们就低回　比低还低

等再低一下
那个声音就破了　破了
最低的地方
大喊一声

比深还深

2020. 9. 16

殊　途

我后来生出平原　　荒野
也曾
生出你的崖口和窄墙
那里长出花儿
再长出花儿
等再长出花儿
我会指给你看
多么狭窄的一朵花
指给你看
后面的时间上
猛然长大的东西和
多么狭窄的一朵花
和它的盛大与凌败
和你的广阔之心啊
猛然悬挂着的殊途

2019. 9. 10

夜风之灯

每个人都带着他的动乱

多处的淋巴

无知的硬核

每个人是

每个人的

夜风之灯

2019. 11. 18

2020. 9. 28

弹奏者的手指

弹奏者的手指
顺利进入的世界
测序吧，绷直吧，平滑肌

接近命运　要迫在眉睫地剔除某物吗
（不能频繁地给玫瑰——漏网
命令禁止和
反身的辨认吗）
测序吧，绷直吧，平滑肌
在命运里发出扭转般的，叹息吧

是弹奏者的手指
顺利进入的世界
他们统一滑过扭转
他们频繁地使用漏网
它们阴郁地柔和地飞翔
他们遗憾极了
顶着晴天笔直的芬芳的终点，
哪些是假死的声音？

2019.9.9

当火到来时

银汤勺　你是搅动

是每时熄灭又点燃的动词

是饿了饱了　又饿了饱了的世界

火，当火到来时

我看见　今天你是这样的容貌：

你一笑，你再次一笑，

很早以前一经允诺住进我荒唐的寂静

火，当火到来时

2019. 7. 22–7. 24

2020. 9. 29

蚁 群

蚁群　打开它们的无声
是颗粒的彷徨
还是平滑的安全

而你　必须爱我
就像蚁巢出动
就像大海倾覆

而你　必须爱我
这密集的绝对
这訇然的进行
这大地在天空

2019. 7. 19

2020. 9. 30

女　妖

（女妖自扭动身体

给蚁群缝针

一个准确的跌入，才能真正知道）

需要重复的练习

大海的刀子们反复涌向海自己

需要重复的练习

花朵们反复开放自她们的花蕊

需要重复的练习

深渊反复用言说深入深渊

需要重复的练习

高地反复抚慰自己

我需要重复的练习

用一千个一万个声音

直到夜幕低垂　笼罩

直到另一种光的赦免

光是一种动作

一个击毙

呼吸急促的　你的黑啊

光的眼

下一个白昼的到来

女妖用跌入启用它

2020. 7. 9

白　鸽

白天施令我们
像那广场上的鸽子
夜晚归于方形的巢穴
白天有全部的
洁白的鸽
你，有我咕咕叫的内部
叫了这么多年
这么洁白或灰　有的黑

飞，这样的飞
我会向你比画
我会走动一下
除了这点描述
游荡的我
已经太多

2019. 7. 7

方　式

人狠狠对待痛处
是不要痛处
人缓慢对待痛处
是等痛处成为好处

人走着对待痛处
穿过的那条路
就模糊到似乎只走过一次
是只疼过一次
就会好起来

2020. 10. 14

安　排

安排我们的
赋予这无云的一天
晴朗真是好
无云的一天真是无云的一天

无云的一天
想起在阴冷的气候里
忽然愉快地记忆起
长久以来的手无寸铁
记忆荒原上的利草与柔软的草
感到锋利柔软的一些安排
那荒原　　那铜　　那人　早就打好的

2018. 6. 12

2020. 10. 14

注　视

泪总是最高
它高过鼻腔内部就是高过世上的高地
它悲欢尽洒
真正的注视
都宁静如注

注视世上无数的门
真正的注视都
朝向一处

注视门　幽深开放的时候
我注视你，以闪烁标注，时间的遗留
我注视你，我只以我内部的闪烁鸣叫
我注视你，以质地
注视着查收　与剔除

我应赞扬我，每个短暂注视经过的闪烁
成了致意最大的停留
大得像刚才掉下去的太阳

你看得明白的太阳完全没有伤口

2018

2019

秋天的思想

睡下去　给一个深深的太阳

内向的纹路

秋天

会越来越冷地

反复回转

直到太阳掉下去

必须走上山坡

看漩涡流淌着野草

就要冷了

也就要冷了

心里的牛羊

又瘦了

人累了就

深吸一口气坐下去

轻轻地　狠狠地

看那些打旋子的纹路

你的世界从不会轻易靠近

热的中心

2020. 9. 21

抒情的性别

两团身体中间
季节正在交换
灵魂长着一层短绒

你口谕一样地
不停地落下
就是线索
你来　你是
你看　你听

在九月
他将不断提高抚摸缎面的
能力
还不断
把张大又张大的嘴合上
合上吧
默默地
卷起腹部
闭合饮食
默默地打开了的

这两只手啊
谁爱着敬畏
谁的手就是
亲密

2019. 9. 19

太阳在人的漩涡处飞

太阳在人的漩涡处飞
地上的人就有全部的盐了吗

太阳在人的漩涡处飞
梦就是一大丛风暴的头发了吗

太阳在人的漩涡处飞来飞去
最老的老妇都会横冲直撞
颤巍巍地一笑吗

2020. 11. 18

荣格说让火燃烧，让每件事情都成长

从早吃到晚　喝到晚
然后　伸出手

从早吃到晚　喝到晚
然后　埋下头

从早吃到晚　喝到晚
然后　遮挡我

从早吃到晚　喝到晚
确认行至最高
落下的才是放弃

火焰能确认
灰烬使者的完善身份
面含微笑的正常健全

总在掉落
梦魇啊
葡萄汁挤压得越轻

最小的切口最好　最芳香

你按住痛和快乐
平常会眨着眼睛
一次次经过了

2019

绒　毛

热爱　绒毛
它种植在未知的肉之外
给我你的皮肤

世界大人
你是强化的体液
在白昼的问询中
揭开着虚弱的真相

世界大人
你是虚弱的体液
在注入的问询中
震荡出白昼的黑点

要抬起多大的光
起伏世界的身躯
这无比的柔弱之爱
永恒的白昼之巅隐藏我们
人类的皮肤需要绒毛的覆盖

2020. 9. 25

理想之口

下沉和上升是同一回事情
耽于白昼这样的旋转形式
你写下　致——

你在平静的植被里
看光线的合拢
然后是　夜——

你一天一天咬开
——理想的口

2019. 9. 26
2020. 7. 30

Ⅲ 静坐的症候与歌

天　空

天空是蓝的
天空是黑的
天空挂着两朵云
不弄丢任何一朵

2020. 11. 18

早 祷

我的餐桌
在之前的之前就有了
要轻　轻在直径 13 厘米处
触摸盘子的心灵

早晨　它清澈的美
剖开颗粒的，赤红的无花果
吟唱饮食掌管人类

一日如一日果腹
一日如一日看见
没有叶的树
没有花的果
没有风的风
没有时间的时间

2019. 9. 24
2020. 9. 25

橘子的问题

它等待
它打开完整
它剥去脉络
一个秋天的橘子
它摆在桌子上
它联络到了
一个橘子上
关于你的霜

关于你的霜
迫切的甜
发涩的呼吸
等你一起身
时间就被折叠
它因此生成秘密
你因此被抱住

2019. 9. 24
2020. 9. 27

残缺是倒置的稳定

一只杯子不肯

一片天空不肯

喧哗　也不肯

寂静　也不肯

完整　也不肯

晚霞的云翳

你遮掉无边无际吧

残缺是倒置的稳定

你挪走什么吗

一只杯子

一片天空

一个喧哗

一个寂静

并把那些事物倒置

看看怎样

看看后来

看看世界的整体残缺

亲爱的　从这哀伤的镜像里

为每个易逝的

起个名字吧

这仅仅是个不残缺的问题

2019. 9. 2

在阴天的气泡最不容易破

能否数遍？能否数遍？
抚摸吧
没那么快，也没那么慢
你抚摸着
像数学和物理一样数着并喜爱
抚摸进气泡里

阴天是最不容易破掉的吻
吞去模糊　你就是模糊
你就是模糊的
充满征兆的　是
时间的携带

2019. 8. 28

巨流，总在它经过的时候消失

不见了
殆尽
全部的力
一切
巨流　你

小而黑　一颗滚石
停驻很深　然后走了

2018. 8. 28

此时，我在一片花萼里找不到一点刺

解了发辫儿，注视你说的你
风拔掉天空，无可尽数的你
坠落着我这黑茸茸的头发
只有一个你
在窗玻璃上弹奏
你黑茸茸的脑袋埋下，再带走我吧
我找不到一点刺，一点理由

2019. 8. 27

写诗的桌子上有一张纸

桌子上的一张纸
剥开自己的声音
声音在剥开它自己的纸
纸在剥开它自己的声音
你在剥开我

2019. 7. 20

最初的呼吸临摹成异常

停留在最末端吧，使命的泡沫在滴落
总是理想的叶子，说出自己后
对全体呵护——是一场革命

最初的呼吸，临摹成异常
——重新表示它，
重新表示它吧，此时
一朵玫瑰面对着整个墙壁
一个盘子打开着一个黑点
一个赞美维持着一个失败

2019. 7. 13

铁皮鸟

你的匠人呢
你的眼睛呢
你在对着谁

在飞与掠过的一项里
不总以光滑的喊叫命名的
是你质感的冰凉的神灵

2019. 3. 8

2021

睡 眠

我是无须修补的全部
我是无须建造的河流

2018. 10. 26

往事书

有些针线又苦又旧
携带我已有多年的人
在别处铺平我
有些针线又旧又苦
我等我彻底好了
就赶过去
找也找不见

2020. 11. 13

再祷玛格丽特与托娜塔

睡在杯中就是
睡在尖峰与低洼
尖峰与低洼的黎明
头发轻扬着骄傲的母语

发的标本
枯舌的露珠
火　繁茂的火
灰　熄尽的灰

风　重新的风
吹起来的风
哦　玛格丽特
哦　托娜塔
闭上眼睛
沉默的母语
又一次吹起平贴的头发

你闭上眼睛
你们闭上眼睛

睡在怀中

睡在林中

睡在过去与现在之中

清冽的水重新退回到

思的岸边

死亡就会重新抱住你的生

生就会重新抱住你的死亡

2020. 9. 27

两团灰色

两团灰色
两团灰色飞成黑

往上冲　往下走
往一个地方看

下沉就是上升
第一次看到星星的你的心
吱嘎作响
——平静中
你运转自己

2019. 8. 27

当傍晚的紫色吃掉

吃掉黑
吃掉我
一会儿就黑了
你吃掉了吗
酿造者的一个东西
你是手持铜碗的那一个吗
哪一个，是你

2019. 8. 28

静坐的症候与歌

一块沙发布，经过我的坐下，卷折成在沙发上的样子。

我仿佛一直以来都这么坐着，从不改变。

我坐着，从不改变。潮湿的风按压着有症候的地方，它带走顽疾，吹向大海，天空。再次吹向大海，天空。所有使人体感到满足的自然，是否因为有发炎的明亮才那么好。人，爱你自己的疾病。

我坐着，我从不改变。
我的歌者不期而至。
一个声音。赤爱只凭借赤爱自身。之外是永恒的隐喻。来自它所寓意的史前。记忆将凭借自己揉成之外的音符。息喘的生命，我不能不跳跃着什么。我起身。我从不改变。说这句的时候，我是宇宙心灵意识上的一条无尽的线。自一个端点，向着那里，无限着。

2019. 8. 15

IV 意外肖像

深渊滚动着深渊

深渊滚动着深渊
都在滚动
越滚越大

都在滚动
到了黑夜
它就越滚越近

你曾迎风赶上
大声呼唤它
疾患　给出了形象

每当　深渊滚动着深渊
生之年　就只静到
用作睡眠与沉思的天国

2020. 7. 24

在身上平息

你生我　每天生一次
教会辨认不确定的
在众多之中
你如何教会
这栖居着的大地该何时平息

平息必须来自
古老的十指全开吗
身着白昼衣的
是那个人吗
这大大的白昼
只能平息在身上吗

2019. 9. 10

我愈加凝视着我的安睡

那里有很多的　很少的东西
很少的东西　未曾使用过的使用
说明着
我的睡梦和我的天使

我盛开着的疲惫像这个世界所了解的路人
也不像这个世界所了解的路人
你知道的　在心灵的活物里
安宁到某个幽深
我们是没有返程的虚无

2019. 8. 28

雨的触及

我爱雨
你
雷
泥
闪电
缓慢的
和另一些迅疾的呼吸
喜爱
你对我呼吸的阻止

我爱雨的不可防备
泥泞这个苦东西
让出一大片荒原

这些美的初兆和厄运
我爱你常常含有最初不可触及的时候
我想那就是记忆对于后来完整的含有

2018. 8. 28

康德说我们的时光在我们之前就死去

这时有人用大提琴的 C 弦说

活着就是抚及一切

甚至抚及一根体毛在世界地图的准确位置

奋力于在深夜的废墟中建造梦与爱

奋力于白昼在宅邸中把缺失游走

这时有更多的拉动

轻轻拉动琴弦

德·昆西此时抽动着语言说

哦。无限的后退，在诞生以前便消失了一千次

2019. 7. 12

在秋天

叶子掉了无法再回到枝头
另一片叶子也从枝头虚掷
虚掷由
创造和呼吸构成
我们的堡垒是静默的虚掷

2019. 3. 5

也许在故乡

这么晚就没有去了
芨芨草的火焰们
向风吹来
我这么晚就没有去了
站在黄昏的风口
看着温暖的幼儿
这光芒笼罩着那灰
有多久了
这美满幸福向着那生活平安

2019. 3
2020. 10. 13

安 宁

看见蚁巢出动
看见云朵出动
弹击琉璃抚摸心事的人
在弹击与抚摸中
沉默出动　几近透明

2019. 3. 7

意外肖像

今天你站在白领子的
白鸽般的竖立中
快速　强烈地飞去
犹如暗中柔软的起义
今天你竖立起一首诗
意外的任意一个词语

2019. 3. 7
2020. 10. 15

缪斯与你

缪斯　你来
我信任完整的感觉
这来自清晰的早晨

缪斯　你起身
我失联在记忆　现在　未来中
一瞬间
意义又开始了

2019. 3. 7
2020. 10. 16

第二时间

期许组成的时间
疲倦组成的时间
构成了人的常见时间

一个召唤
我们活着
曾经用名字

我在扮演我的召唤师吗
在灵石　在角落
那些敲击的时候
是敲击
是一开始
动荡化成的平静中
那些
我的时候

打开我的十八朵玫瑰花
我有时看它们
有时什么也不看

花的肉质
以水奏响

召唤琵琶灵木吧
那么，召唤在召唤到来之前
存在于时间之外吗？

我有时喊十八声
我有时一声也不喊叫
就像我的猫
无力的力中之力
是机警腐朽着的另一个

再造还会消败
可我还是要不停地造
我经年累月　累月经年地

以星星无声盟约
在丰裕与匮乏的敞开中
以最初的纯洁照亮着黑暗

让最初的纯洁再度纯洁
是我吞下一整头牛之后
得到愉悦与满足后

对世界的根本认识

让最初的纯洁再度纯洁
这时候　我饱腹
这时候残缺与不完整
只在与时间平行的第二时间里
小心探出它的脑袋
我们只在这时默认它的滑稽和荒诞

2019. 2

2020. 11. 2

归仓叙事曲

这天　最终

我把两个大提琴包比作两个大提琴家

把两块冰看作两条冷冻的切口

把时间当作低温气候时无恶不作的热烈好处

人类对洼地的热爱或许已变得普遍

河道台阶犹豫着水位的涨高

颗粒归仓是白昼最后的关头

霞是幸运

环绕你踏实绚丽地黑下去

傍晚何等幸运

帮助你也帮助它自己黑下去

2019. 7. 13

普通涟漪

这涟漪很轻　一个接着一个
反复荡漾　出走　回来
我希望的轻微生活
我欢畅的粗瓷
稳放在那里
我每看它一眼
心里的愿望也就很轻　很重
日子也就一个接着一个

2019. 3. 7
2020. 11. 18

消　失

因为
我的猫
所以我藏在床上写诗

因为
我藏在床上写诗
所以我注视到了一株植物
它仅有
于是它稀缺
所以我把它挪到了另外一个地方

所以我在阴影里了
因为植物有了太阳
我有了赤裸
也因为那个消失
我有了这个安静

2020. 11. 18

搅　动

你带有我无能的手指
水的躯体症状
他们具有脆弱和儿童的希冀
他们应验着古老的锁扣在黑暗的自由

你玻璃弹球的眼睛

你在白天张开碗口大的眼睛
你依然进行白天般的完美与透明
在他没有搅动过夜的地方

2019. 3. 5

我慢在世界之掌的心中

秋天是更正

是补写

是擦拭

是温和的清洁

在饿了的时候　就吃秋天

就从一片叶子开始

抚摸好人

承受美好之物的质量

直到　一切慢到再快起来

秋天是含着

是动静

是脉搏

是深深的联系

在渴了的时候　就舔秋天

就从外部开始

抚摸叶子

承受轻轻之物的重量

直到　一切重到轻透了

我慢在世界之掌的心中

猛烈　就会赤裸着灵魂来临

2020. 9. 24

草　本

整个春天的更多时候

我看对面空无的房子

小石柱们

静默，有阴影

树叶的小手被风吹拂着

"七叶树，七叶树"

它是一棵七叶树

四月的空气像洗干净的衣服

我走进去，穿着它

看见漂洋过海的草本茶放在桌子上

我啊

时常坚持饮一杯空荡的诗

治疗我的顽疾

2022. 4. 25

V 方法论

无人的玫瑰

哦　那时　秘密的鸽子
勾画一排黄昏
肉质的　饮食的　充裕的黄昏

那时　她交还透明这个词语
尖叫一声交还
——玫瑰！
你肉质的水滴
你可见的眼睛
你看补充好的裂缝

你可见的眼睛
你肉质的水滴
你现在看沙漠花　又大又好

2018. 12. 19
2021

致

获得新的祝福
是真实光阴用
梦的方法撞到你

生活将写于空白
有时近似恐高
这告示近似爱

诗　我说诗
总是记住这些平静的时刻

诗　我说诗
被重温的亲历
有时你写下——致

2019. 9. 26
2020. 9. 25

这一天的自白

在这一天
心的空寂可以按
旷野的丈量
大步地读出来
你安静极了
很像每一个理想中的白天
从来都不是一个理想的白天
你安静极了
仿佛记起你未经出生
就有什么替你责罚过　亲历过
这么多的甜蜜与辛苦
我时常回忆这些往常的漩涡
那些平移掉我苦难的人
藏在我身上
是神　是弯曲着掉落的石头
优柔的　准确的爱

2019. 10. 12

在白昼的第一个光线里

我体内依然存有一些药
妈妈的青霉素
是否有一种渴望
它们带着幽灵
将我翻来覆去

许多东西，我都不需要
我要你们
蓝色的小药盒们
我将有一块儿布
包起你们
打开你们
再包起你们
再打开你们
那些泄露过的
正在泄露的
美好的天光

我体内依然存有一些药
我渴望它们带着幽灵

将我泄露　将我翻来翻去地充实

多么好啊

在白昼的第一缕光线里

捡起我

七月的最后一天

在梦境的表面　河流会长出来
长出一个身体　在一个面庞前停留
用十指如电参拜花朵渗出的时间
当照出镜子的体液
亲爱的　你就深抓在地
这和我的忧伤一样牢靠
未来已经深深来到
梦境的深处
一个面庞就是万千重叠

这束命脉长久插在我的窗前
锁骨般柔媚的窗前
花张开它的臂膀

2020. 7. 31

方法论

你们好
这是一个早晨
你好
你们平常

你好
这是一个早晨
向看见和看不见的你致歉
致歉是呼吸下去的
方法之一

方法之二
夜晚你好
这是夜晚
一个又一个的夜晚
最低的声音升起着
爱患者的部分

2019. 11. 8

2020. 9. 25 - 9. 27

躲　藏

你毕竟吐了三个舌头
一个给白天　一个给白天
还有一个　还是给白天
你是个实实在在的孩子

我也是个好妈妈
学着你的样子吐了三个舌头
一个给夜晚　一个给夜晚
另一个　还是给夜晚
我是个实实在在的妈妈

这样我们就是整个的白天和黑夜
够我们好好躲藏

2019. 9. 16

小　手

小手
暮色
小手
黑夜
暗中天就会亮起
时间是多个比拟
可是
小手
在万千日子的悲哀与存照中
依然依靠你温柔一下
就是每一天

2019. 7. 15

热

夏日　很热的天气里
很热很热
热在宣告人的隐疾

人啊　抚慰今日
曾呼唤我
就是呼唤我
热的此在

2020

睡眠日记

将你放进我之中，你占有我虚拟的一切。
它是泉边的石头总在掉落。
欢乐有时呈现它自己。它是泉边的石头总在掉落
每一个早晨。合欢花，深沉的合欢
在窗边预习饮尽它自己
还有什么是平息

2020. 10. 12

身　后

神合拢着每一个日子

一个又一个

拉长的　纵容的

收敛的

便于理解的

利于存放的

有助溶解的

不会伤害的

你

它翻转你的身后

注入

以直线　以命运

以即使是你

即使是我

即使是我们的方式行进

神合拢着每一个日子

光芒不会因此而多

而少　经常光顾

悄悄跟在我们身后

2020. 9. 21

诗琴之手

——给 E

灯火缈缈

何其相似

梦的指头

哪截长　哪截短

一块纱巾

在反刍的痕迹中

一个喉结

在返回世界原点中

发出闷闷的声音

把这当作清澈的事情

诗琴与记忆就是你宁静的孩子

它每天都是最早一个出生

那个清晨

它将给世界反射出镇定：

唱出

灯火缈缈

何其相似

你捉住这手指

问

哪截长　哪截短

放在哪儿　埋在哪儿

你端坐在哪儿？

戴着那块纱巾

2020. 9. 15

我必须要让什么去敲响你的门

我必须要让什么去敲响你的门
陌生者
每当昆虫长成新的翅膀
我就走下床榻一回
我必须要让忍耐它自己去敲响你的门
它是撞击一时走神儿
在深夜使用着的形容词
它，每天在天亮之前走回去

2020. 7. 15—7. 17

每一天都是我新鲜的末日

1

把你和我的头发揉在一起
做两个溺亡的人

2

掀开它自己
贴合它自己
每天都缝住

3

抚摸你
就是抚摸我的残肢
破碎就会升为整个天使

4

一体的根植
从最低的低处返回
沉默

5

热在水里
在搅拌
也在无声里

6

炎热的风吹来
你爱我炎热的　炎热的风
衣服洗好了　晾在你骨节的手上
开着窗
你献出最远索道上的腿部
用力搓　那团纯洁的污渍

7

毛细血管里的
扩张主义
内部会不会是一团白
紫翅膀　有蝙蝠
在苍穹固定着自己
亲爱的，这没有角质的天空
这就是自由

8

他逐渐亮出来

他逐渐隐没着

我末梢上的最后一颗露珠

最后是暗黑者那发光的深渊

每一天都是我新鲜的末日

2020. 11. 25

这　是

你终日饮食
平静能解放全部
餐桌上微茫收拢
感到的饥饿与饱腹
你器官的打开与收拢

这是自由和神祇
这是昨天　今天　明天
和现在

一个人被
生下　活下来

一件衣服　被
买走　穿上它

这不是梦境　这是梦境
我有过最宁静的　最宁静的
我逐渐想起　最初渴望中的渴望

2021. 6. 29

VI 你斗转星移的标本还在吗

日记体是纯洁的壮举

1

在衰老中
焕发成孩子的露珠
人依然长有旧耳　新唇
手拿纸花　有时窃语

2

斑点越来越深
水洼也满了
水洼又浅了
更深的心室通往更深的地方

3

普通散步
像风绕过
你的内部
铁丝围栏
像风绕过
春天的小狗

它们没有人身上的黑色内核

砸不开的黑色内核

像风绕过

春天的小狗

它们在荷尔蒙小山里

那里有灌注着的一道边缘

4

我们站在外面

词语　一只碗一样

看着碗口

就带来了幸福

5

回忆起曾经的"黑夜和半黑夜"

近在咫尺的失落者

你来描述我们

6

针尖之下隐匿

这生命

这活着

人的火焰之后

是灰烬的喷射器

7

保罗·策兰问

"你要把借来的午兽赶到哪里去?"

美极了

"赶去蓝色的无限水槽。"

我会按照这个想法,要求我的思维

划出一些耗尽,在上空的沉沦里

8

我听见钟摆呻吟的那些时候

无异于我看到光芒的那些时候

这是孩子对他的孤独发笑

孩子在想他和孤独

是谁先掉下来的

9

在春天

一个橘子为什么是完整的

一个苹果为什么是完整的

每个人都梦见过人的脱落

嘭,掉下来了

完了

10

你伸出的小臂
你在我上面的额头
眼睛里的星星

11

白色的圆球
是我画上去的你
某一团气
某一个质量
是一个很好的问题

12

傍晚来临
它们缓慢进入
瞳孔里的塑形
你内部雕像的通道
一道夜的窄门

13

前行者　你
带有更生疏的味道
黑夜已经是了

什么是遗憾

14

将有更大的消息
保密的词语
你用虚构的盒子

15

你别愈合
我将在我的
更深处流淌
我带有你　秘密的诗
你是我
最最一小撮的幸福
广大白昼　你低吟
你的睫毛闪
你的痛苦一闪而过
在你的脸上
更多的东西
更少的东西

16

更多的窗户
打开并破碎

我却击掌完成这平安的一生
我是多么惭愧

17

今天　下午　晚上
今天　早上　昨天
露珠是露珠
消失是消失
它们在一起
真好
每一天真好
我指定我左面的指缝
成为我时间的问题
它们吃喝拉撒睡的纸巾不止
它们诗歌　存在　哲学的打嗝不止

18

我终日制作小杏仁与和平的提取物
具有野生的药用与自由
我也许像看待和平的边沿
那样看待你
认真到了天际

19

是你总在何处在何处

抚摸着一切中的一切
抚摸终将归于星宿的模糊

20

我是你的孩子
从黎明的灰地走来
燃尽每天的灰烬
祭司　你这夜晚的披冠
黑纱或丝绒
口吃或诵读
露水或肉身

21

灰　赭石　天空
这些平静的不详
经历不详　履历不详
方向不详
所爱全部
却很详尽
泪水　这自然的纯洁冲动
将在一些时候　另一些时候
把他的手贴在我的胸口上

22

词语等待说出的时候

有多少孤独

口含童贞

诗

每一句丢失过的诗

23

更像是责备

在乳毛上抚摸

更像是责备

时间用

最低的声音吟唱我们的暗部

是否感到

时间只在痛处真正暗含着

"你哪知遗忘就是回忆"

24

当内心的谷堆平静而沉默

它模糊的容貌应答着你

你知道这并没有什么可以替代

25

一个圆球接近虚无

一个面积接近虚无

唯有带刺的生命

直中声音的喉咙
唯有砸向虚无
才能打开存在
空空的中心与沉默的真实

26

春天　在干燥的午后
以青草的小脑袋
撞击内心的傻瓜
而春天
叶子终将开在头颅
手势缓慢
镇定的宁静的新叶

27

精密在精密地控制
自由在自由地控制
精密在精密地消失
自由在自由地消失

28

幼儿是灵修师
有粉红色的皮肤
学习她欢畅的时辰

用她的纯洁感应平静的快感

29

我紧随其后
曾观看那老妇
夹持的白色羽翼
我一生紧跟其后
向我吹来的都是风

30

我紧随其后
曾说出
你不曾听见的
不曾看见的面庞
平静之盐

31

瓶子能装进什么
它的瓶颈
和脖子上面的空气
充满　浇灌
接纳　给予
静止　永无休止

32

游动

直到鱼类长出喙

直到怒吼与温和是同一种事物

33

黄金的铲子们密布天空

向我们砸下来

世上的马蜂窝已经插满花朵

34

内心的钟

你要敲得

缓慢　缓慢

再缓慢

针啊　夏天

水啊　秋天

和一些冬天　春天

在这广大又广大的人间

35

来的路上

我们是裹紧的核

然后打开

你看着我

我看着你

36

你在哪　你在哪

在我肋骨的　突出的

一个又一个位置

我想你瘦弱的香气

你在哪个枝头寄存

临时

慌乱

飞走

有时你带我闪躲

有时你带我出现

37

过去

你是否走失

你生而有翼

38

你就要俯下身

光是我的刀刃吗

宇宙正在我们之间

变得没有问题

它掠夺我们

安慰我们

我们是全部的事物

2018

诞生堆积着诞生

——柯索《这就是我的一餐》

1

柯索吃过晚饭去散步
晚风吹过　妙龄也快过了
柯索累了的时候
与他相关的事物就有点无聊
那些患者们
就在咀嚼　在掰开

晚风更大一些了
妙龄是跑在前面的狗尾巴
当晚风更大一些的时候
在大笑　在波浪中
每一次吹过　都似乎
仿造质地的平滑
测定疑虑的重量

柯索想起并再次感觉到
他每天早晨醒来，期望猛然消失

也似乎期望　重重的
重重的　建造
柯索逐渐又一次确定：
在一个真正的房间里，
在诗人的房间里，美好的事物仅仅是
一边建造一边消失

2

你这甜蜜的，
由头
应和着悲剧中的猛然消失

作为糖的诞生
旺盛的甜蜜的
患者们
由你咀嚼　掰开
我会看你的吞咽障碍吗
大笑
波浪
你的每一次吹过都仿造我
质地的平滑

记忆仿造声音的线索
卷入地下的

加重美德的某个失去

或者说
唯有糖　重重地
重重地　建造

2019. 7. 5

2020. 7. 17

有一种存在

记忆是扣押

对昔日回忆的时候
小孩子的顽固
是对忘记所做的扣押

其中的一个是诗人

那些缝针的人
其中有一个
转手书写药的具体情况

有一种存在

每一个嘴唇都不会的吻
每一个虚掷都打不到

2019. 9. 26

天空不需要什么

梦

梦让它变轻
让它个别　单一
告别多重
又更加多重

预设

天空不需要什么
只是认真地
飘过完整

部分

没有它
另一个就不会出现：
是一个和另一个吗，
水的上空盘旋着肢体

2019. 11. 15

七日祷歌

1

蓄意开展晚祷
无意采撷今天
这只是基本世界里基本的一天
幸福——人创造基本的晚餐

2

敞开心扉
注脚是满的
折伤过自己
——在画线以下
卢梭温柔的妈妈

3

要说什么
才能解开这个谜语
我劝我喝下
我劝我带好钥匙
一直安静徘徊在无比宁静的小径

4

注视花园里任意一丛灌木

每一片叶子上昆虫的齿痕

留下就是

消灭线索　保护来路

5

每当低沉来光顾

另一个人就手舞足蹈

这个事是

怎么发生的

以至于我是否梦过一夜

6

病语淙淙如我歌

石头烂了

要拿走了

顺便做一个听诊器

7

世上的人总勉强把自己抱了抱

世上极为微弱的霞光总遇见一个风口

呜呜呜地吹着

总有一个人
是一首垂直歌
左右绚烂　都是空的

2020. 7

水是一张脸

1

像一种乐器，整日弹奏，轻轻弹奏。
你从白光来，冠以黑色，还有你的名字与手指
这一度是你，狭长的乌云倒影，
在一个狂风的出口处，却，轻轻弹奏。
整日的影子，整日的陡峭，走动，静止了。
你可能是空无的，
实际的，把呼吸悬挂的，
我们倾听某些声音的不幸。
你此时说，你就是词语。

2

词语，
待我找到你，说出你，
给你按压的显形，敞开的缝隙，
在太阳毛茸茸的影子里，
造一个语言的身体，
从这把椅子挪到另一把椅子，
擦拭，爱抚你，割离，

一天过去很快，蒙上它们，打开它们，
读一部分，撕裂一部分，安慰裂开的部分。
我让你安慰裂开的那部分。

3

是的，你的双腿像一种乐器，
"打开它们如打开书"
"我读那杀死我的部分"
这是曙光　这也是空，
这是曙光的医院，这是我粉色的喉咙。
这是缺场带给荒凉的。
这是"风把缺场带给荒凉的"

4

你怀抱金矿
我怀抱棉花
美神就在我们脚下
还有一束花
插在我们的头上
这么肤浅的身体史
存在触犯存在
在那一刻大叫的
嘘，我会关闭她身体的喉咙的哲学

5

关闭她身体的哲学史吧
亲爱的，
当我上岛的时候，看见风车
亲爱的，鼓动我现身吧
现身吧，鼓舞吧，
你那些长满绒毛的水
它对着天使大笑

6

我们，顺着小路
听时间里
平静的讲述
抛弃获取
我们合起来的样子就能显形

7

流逝的
就是终日弹奏的
我是昨天的你大笑三声
树林是你汗毛的城
树林是我汗毛的城

8

最荒凉的人，
我告诉你，
五次诞生，
是我的假死　我的鬃毛
脚下　身上
涌起我的海水
要命的门啊

9

要命的门啊
五次诞生
你都开放在有我的世间
没有被说出之前
警句是一种自由

自由是一个容器
给一个黎明做太阳升起前的震荡
具体到一朵花作为一个镇定的刀刃
它是安静的注脚
正在给水做最广泛的签注

10

漩涡，你是最小的最会嗔怪的

你由最重的深沉构成
它们的胳膊粗粝而燥热
漩涡，你由水至火
是我的出生
这作为诗的要义
席卷与移动
浸入与洗劫
极度的燃烧
是一种清洗

11

白炽灯，今夜　有白色的荒原
今夜　爱抚远远滚来
这火焰的白色球
幼年纯洁的获悉者：
你久久弹奏，取掉蒙蔽的，
你是我所有发生的蒙蔽
于我，你是
显性的宽阔的
玫瑰，在按压时间
我们之间最薄的天空

12

疾走的正是悬置

而你的嘴唇正在

山峦打开它自己
溪流走向它自己

而你的嘴唇正在
缺乏正是充满的中心

13

可能是　白
也可能是
你命令我从蓝中走来
是你背着星空　闪电
与片面的星星

14

给你一小截皮肤
这小小的物理性
连通电流　水域
在我的河流之上，
进行这些。
我房子的白色水槽，
它们正倾吐热气，
这些够不够，好不好。

诗表述的是，偶然

偶然，却一次又一次作为消失的警戒：

这次我起身，今天的第几次起身？

意味着我是那叠其他的羽毛

不带有你赐予我的一块皮肤

15

水是一张脸。

你看，我几乎看见了你，

你看，如何起身

成为这一刻的要义

你扶住一株

我扶住一株，观音草

你成捆的忧伤

你广大的谬误

你成捆的水

你细小的时间与　摁压

你广大的缩小的　意识

2019. 4

睡眠残片

1

总有什么
停下　揉碎是一个幻觉
停下　月季与玫瑰的相似

2

残缺是倒置的稳定
巨流总在它经过的时候消失

3

习惯左侧睡
迷糊的蘑菇树就会常常完整

4

另一种例外的平常——坐在右边
全用残片的器皿喝汤

5

黑洞是个括号

整日弹奏着光之音

你掷出威严的蜡烛

最缓慢仪式上的

荆棘的燃烧

在梦境光滑之上

壁刻最良好的你

最良好的你

是消失了

是进入了

是平躺着

2019. 9. 3

大走神

1

一个带花边的神，巡视花园，并撕下它的假花边

描摹，预测，装扮，并遇见另一个神

你看一个神，低垂，守护，睡眠，与物一样的低垂

它看护着创造，看护着灵翼。它巡游，对着屏幕的广场
　　打开，

总是有个孩子带它隐遁于洒着阳光雨露的（人们总是喜
　　欢这么说）林间空地（这个孩子喜欢去）。

2

总是披星戴月，

在月亮的黄铜、夜间的鼻息里摇晃着，

睡眠在另一个世界的情况里，

翻译着平面呼吸的立体状态。

3

白昼与你的比例一样长

比例是一个抽象概念，站在科学的身边，

白昼与你之间，是一片隐匿，

它们穿戴着新鲜的暗质。

4

a 建立一个零部件

b 建立一个词语

c 建立一个音译的空间

d 在声音里建立一个拼写与语误

这是诗的（a 与 d 是递增）

5

找寻母语的方法论

是白昼基本的功能

对每个人每件事来说都是艰难的

词根与发音

叙述与接着叙述

它自身是一个大水洼

它自身是一个大走神

我常常显示一个残余者与他的新世界

我常常显示一个破坏者与他的建造

我常常显示被觉得的物体感觉

我是那个物体，我是所有，我是白天与黑夜

我时时摇晃水的躯体症状

这个症状，隐喻成对一条河流的夜间表现与对白天这个
　容器的不确定比拟。

6

人的物理中，平静一个表面热的方法是

至阴凉处给予温良的水，引导与睡眠。

人性的物理中，没有任何一个平静对待内质热的方法是

　完全有效的。

热的实质是几个按钮。上帝笑了。

2019. 7. 18

平均律

1

另一边是茂密才对吗，总有一个人直视另一个的斜视
河边安插又大又胖的花，此时即是荒凉异地

2

它有高如白鸽的划线，它永远不愿被了解
时时是一瞬，自由，自由，自由，自由……

3

自由是一个普通的处方，惯用于右眉毛的北方
又瘦又小的花
呀，北方人，上好的弧线
无限上扬，上扬，这是一个自由的动用，动用了
自由，自由，自由，自由本身

4

本身是一个连贯的名词，平均律的招供广阔又天真
它舒展，舒展，舒展到对美丽材料的研究极限
然后啊　一声

纯粹的啊　一声

大声的啊　一声

2019. 7. 15

物理的诗

1

爱好者对喷射器的注解
往往如此：水　扳手
通往的铜引起的
回声
缓慢注解
确信平衡到，
你是一个
被时间注入的模仿

2

这是感觉上的成功
植入的花苞与雨水
冲刷也是一种打
名词带有先天的缺陷与注定
我一旦使用动作
动词冷缩为名词

3

我对自己的嘲笑这时就很准确：

意外就是一个很小的事情
它随时都释放掉自己的壳
这鲜活的伤心的穗子，啊
到不稳定的词语坠落，
非要落实到一个故障——诗

2020. 11. 25

柔和之令

雨

每一场自天上虚弱而至的暴雨
说　雨还在创造中　雨　雨　雨

睡眠

睡眠
完美掩饰
也表演了，安宁
全部的打开是梦幻的
那个缺口也是无限的

意识

无比均匀的缝隙
以残缺的完美的排列
降临内心万千的虚影

自我

总有什么是深的
忠实在大地的缝隙里挖开
永远的自己
老不死的忠实

饮食

终其一生　　一道窄门
一张桌子何等幸福
它温柔　广大　具体
使这一道强制的命令
以恭敬栖身

2020. 7. 29

这恬谧的收获之心仅仅停留

1

你曾是绝无仅有的夜
种下编织的引子
当大地落座
你可数空无

2

它逃脱疑惑　它毫不犹豫
你有一手全是簸箕的手指纹路
把每一天都摁压　晃动
摇高　又重回它

3

它理解过山岩脱落
它理解过一切显得葱郁
祈祷与上升，上升在双臂的澄静中
停滞在一只啄棍子的鸟的画面中：
明亮清洁秩序的声音中
哒哒，哒

4

静默一些，再静默一些
大声一些，再大声一些
轻轻地　轻轻地涌上来
在梦与现实的中转房间
轻抚那海

5

密不透风的沉默
干净的时间之瓮
时间之瓮，你干净
喝水喝水　生活生活
永远的生活　永远亲爱的你
这恬谧的收获之心仅仅停留

2020. 7. 27

白昼之和

生长

生长是一个成品的因子吗
而这精纯的　饱含的
必须是那一个和这个多数的今天吗

盘子

一个圆框
什么都不做
一只盘子
只盛放食物

写诗

只　反复折回大海
跛足的鼻祖
侏儒的露珠
我的种植业
拖着银链子

孩子 你的脚

走来走去

什么都不做

这是宁静的语法建筑

而你是顶梢的银链子

自行甩出线条的圆框

日子

紫色吃掉紫色

没颜色的吃掉有颜色的

纪念的日子吃掉纪念

吃掉今天

有人给你

花，玫瑰的开放日

黑色继续吃掉黑色

继续吃

这样才能说：你好 在别的日子里

在意外的花园

在意外的花园里

更多存有他人的孤独

降临就是漫步

漫步太多了——意思是

你闯入吧

不讲理的——触及

饮食

先知的事物反复围坐

交谈

钩织的针凭记忆

织开话语的幽径

时间

有力　它攥住无力

无力　它裹住有力

有谁正要长久临摹你——

你用丝质的滚动抚平人的褶皱

时间总在托举

穿过白昼的门

白昼的门　为我所用

海水　你有美德

你是船只　草稿　好事

厄运　以及专注

你与白色的咕咕叫的光

共为俳句

虚无

虚无　在干燥的下颌骨上
虚无　在海的黄金分割处
你凝视它们
它们就是一条粗糙的肌理
再也不是什么
要用怎样细致的笔
才能写下不是什么
海平面的另一时间
吹向大海的风
如果能更张狂呢
如果总是这样吹
荒凉的无名的你啊
为世人提供的同情与妄想
岂不更多

2019. 9. 4

一月之诗

疯孩子们
你们选举
你们等待
疯孩子们
等发酵完成
在涨满中
取回你的汁液

这一群孤独者
食指纯净
指甲盖歪扭
与第一眼
一样干净
药剂在口袋里
等最后的河流

当什么迅猛向你跑来
钥匙孔在匠人和冬天的风窟窿里
呼呼地吹
吹到我的脸颊上

这孩子笑得比脸还美

使我辨认玫瑰与月季

我终将打磨钥匙孔

词语的置留之地

而那些真实发生着的事物

未曾成功捅入我充实的虚空

唯有词语

你这善于走动的空气

那么准确地扮演我

推翻我

更正我

成为我

我通顺而苦涩

他们震颤我所有枝条上的雪

雪　那未知的眼帘

2018. 1

二月之诗

1

在天空的深渊中
我实用的脚啊
可能的一切
就是二月

就是二月
这个人在某天出生
埋葬　发春
手摸脸庞

枯树的权杖
触及所触及的
就是深渊

2

我为能写的写
我为能算的算
我一边写诗　一边告诉你计量单位

我为能画的画

我一边画画　　一边计算你的样子

如何转成云　　飞盘　　与和弦

黑暗里你着迷的粉红

盘子里我备用的饮食

3

打开

关上

再打开　　关上

我不做什么大事

诗和写诗

我露水一样的青年

在幽暗里的宣言

比打开还要命

还悲伤

不

还不能悲伤

不做什么大事

迅疾而芬芳的鞭子啊

我迅疾而芬芳的鞭子啊

该抽向我的青年

还是抽向我

是抽向我们

还是抽向那些我们不能表达的事物

因为空洞的充满

因为充满的空洞

青年

在幽暗里

我们交换热烈的感激和亡灵的轻盈

在靠近时候听见

并降临到湿润的房子里

4

树木抱着树木

摇晃啊！

有人在夜里惊叹

喔！这大手

喔！这时间

这神秘的参与

该发生些什么

这时间请活着的人参与：

身体的每一部分

每一个感觉

每一个　这时间

这问题——

你假装死亡

在果实的房间里

我充当你的大手

5

所有夜晚的消息

都来自更深处

最快乐的时候

我们充当死者

执拗地编织

我们充当死者

借他的耐心

执拗地编织

6

在事物的入口处

石头和梦幻之间

你举起一颗火石

有个空的人

使你的凿穿

使你的点燃

使你的不确切与抚摸的空

都成为事实

他说

浆果　我芬芳的浆果

灵的琵琶木!

2018. 2

冬的 22 首

1

雪早就落过了
亲爱的
这个冬天的
雪落下之前
干燥的土地　破出
母语的温柔
而我永远是迟的
迟于落下过的雪
迟于我们的白昼
在夜里
黑的两只铁环
环绕冬的术语

2

环绕冬的术语啊
气息的光芒的
结冰
内心云朵的

十个落下
水的霜降
停止之钟

3

停止之钟
光的悬崖
哦　海
张开手的海
必将去它的地方
被赐予　被亲吻
被破绽凿开

4

被破绽凿开
被光的破绽凿开一次
你就回到原始的裂口
你就是你
挖掘者之子
你的面孔恍如我父
你带着所有的伤
你是倔强的喉结

5

你是倔强的喉结

我身体母语的缺陷

你是托娜塔的

脚踝

宝石

药片

你是

星期三

6

星期三

被选定的星期三

窗棂刷上蓝色

托娜塔　托娜塔

你冲破一团黑

你冲破一团红

你是我血的分娩

你倚靠蓝色的窗棂

7

你倚靠蓝色的窗棂

是铁的依仗

是铜的房屋

你永远都出生着

你在诗里

在药片里

在我的星期三里

你在光的裂缝中

下午五点

枝条与火焰

齐齐地飞来

每当我斟满大海的酒杯

你就飞来

飞来河流

飞来星星

飞来童年的刺

你用白色花朵的狡黠

涂抹着他们

你用铃铛震撼她们

这是一切星星的河

8

这是一切星星的河

万物住在气息下面

万物都是稀有血型

都是静谧

都是自己

是

目者之石

9

目者之石

盘亘在气息的核心里

请注意每一个与你说话的人

请注意你的每一道目光

如果你说：

神的种子早已长成树木

你在你经过的地方

你经过某一棵树的时候

你若摇晃

你若摇晃

怎样

你试试

请你试试

某一种击中

黑夜不用太黑

白天也不用太白

我委婉的语调因为缓慢而沉重

但是　气息

这团冬天的白气

围绕在我与我的孩子之间

10

围绕在我与我的孩子之间

她问我

妈妈

白气是什么

我吐

我会吐

你会吐

倾吐万物

万无一失

11

万无一失

你总是万无一失地笑着

悲伤极了

我画你蛇的变形物

你腰上的一截粮草

你抚摸我的时候

黑痣是你的马匹

你亮晶晶的东西

是的

我的黑

我已经预告的黑

我已经被判决的黑

是的

孩子在所有的判决之上

所有时间的怠慢之上

我十月坏了一只铃铛

是凌迟的裁定

请允许我让它蒙上灰尘

永远

鸽子

我在你的晨曦里咕咕叫

停着不动就是一种远

鸽子

我看你镀上金边

我想说什么

12

我想说什么

荒原永远都在荒原里盛开

我提及永远

在此处我不愿意这个词语露出破绽

露出我爱你的部分

而这些部分是与爱你无关的

我的部分

13

我的部分

为了从上面观看

为了别的什么人

不能很好地从上面观看

我总是有许多的帽子

为了我的话不多又幽默

好管教我的孩子

我编好谚语叙事曲

然而到了最后

成了结结巴巴叙事曲

总有一个没有被命名的音节

在我的喉间作梗

以致我不能说出完整的那部分

以致我不能完整说出某部分

我就这样站在冬天的早晨

想那些被流放过的

被悬垂的

挽歌针线缝过的

14

挽歌针线缝过的

人类的顽疾

你看　他们戴着聪明的帽子

往下看

往上看

往左看

往右看

另一些

往不知道的方向看

我明确告诉我的帽子

我喜欢这个午后窗外隐遁的猫

15

冬天

冬天

冬天

我把我的托娜塔养活

我把我的羊群养活

我拥挤着的血液啊

这里的河就要结冰

我听见一个疯子的笑声

消失的爱欲

不被遣派的灵

我一旦养活我的托娜塔与我的羊群

随处可见我的疯子

16

我随处可见我的疯子

这些神脊背上的铃铛

他们发出笑声与咏叹

在人们看不到的国度

穿灰色的套头衫

穿塑料的凉鞋

他们的头发高高扬起

他们的孩子也唱着歌

一起飞越着

飞越这条星星的河

17

飞越这条星星的河

我的具体内容住在白瓷里

还有

哦　天空

另一些天空

灰色的　我的鸽子

咕咕咕咕向着什么

18

咕咕咕咕向着什么？

边界的居住者

我淡漠的捕梦人

我喜欢你的表情

我淡漠的捕梦人喜欢你的表情

喜欢你的表情——

我时间的母亲

19

我时间的母亲
我夜晚的蝙蝠
我每一个日记的错误之处
我每一处错误的更正之处
我检验过快的回答
所有日子的钟铃
神头上的花环也会凋零
是的
请原谅这些迟钝　锐意
形象的双面
形状上的不完美
这是语言上无法按压的显形

20

这是语言上无法按压的显形
按压与显形这诗的动作
释放出适当的天真
在适合的位置之上
我唯一的渴望

21

我唯一的渴望

径直朝向失去
爱此刻的壮丽
太阳就掉下来
询问墓碑
都是水房
我的黑我的眼
我空寂的白日

22

我空寂的白日
未破碎的波浪
带着亘古凿印
涌泉的必然之轻
承载更大的重

23

更大的重
是轻
是轻轻的
是从未来到的轻

2018

2020

你斗转星移的标本还在吗

你斗转星移的标本还在吗
他们在寻找你
这天空的手
这倾倒在钟里的水
我要你说时间
你要记得我怎样敲你静谧的门
你要记得我怎样敲击你钟形的内部
怎样置放你
怎样的线条
那黑茫茫的安静

你斗转星移的标本还在吗
最初的罗盘
我绕你的黑色部分划圈
如此轻易的背后
知道月亮在哪
知道如何清洗
知道目光的部分
将要来临的事物
在边缘上坠落

你斗转星移的标本还在吗

这转身与移动的轻易

使我垂直爱上

在那里

我是完整

在那里

我是你永久的联系

白昼啊

我是你的夜

而你垂直如夜

你斗转星移的标本还在吗

我与你相爱

我与你互换

亲吻就是露珠的教义

教义就是古老的合拢

合拢在灵的充溢之中

你斗转星移的标本还在吗

是的　　创造你

在我们的领地

是火焰的

是疼痛的

是美的

是热的

是　赤诚

你斗转星移的标本还在吗

推开的门

打开的手

天空的水

倾倒在你的舌里

多么忧郁的轻声的开合

你取得奥秘的果核

你斗转星移的标本还在吗

它比你自己

更接近自己

在你靠近的时候

它用玻璃它用器皿

它是你每天的食物

它是你的记忆

它是月亮它是铜

它是你每天的擦拭

它是火的族人

用亲吻接近死亡

它是秘密的逼近

灰烬啊灰烬

你是我一开始的爱人

你斗转星移的标本还在吗

所有的就这样离去

而星辰就这样闪耀

它

梳理背上的毛

理解口中的石

你斗转星移的标本还在吗

请你占有你全部的优美

请你保持优美所带来的警惕

你斗转星移的标本还在吗

世上的门向多处打开

多处即一处

而灰烬是一开始的爱人

你斗转星移的标本还在吗

跑来跑去的小孩多么鲜活

是热水

是女孩

是小女孩的

是日日夜夜唱着的

是的唱着的

我必须击掌歌唱

大声

让热再沸腾

大声

再大声

再哭出

而不说出

你斗转星移的标本还在吗

你这

雄性的雌性的伸长

你这

雄性的雌性的收拢

你斗转星移的标本还在吗

我看见

这真实之花

是真实的花

我看见

盛开是以盛开作为形象

你斗转星移的标本还在吗

不知路途

是我们在一种宽阔中死去

在你的神情中

不再化为形象

你斗转星移的标本还在吗

我和永恒一起

做好了

纸花

这明亮的睡眠

这黑暗的清醒

你斗转星移的标本还在吗

在所有的天空之上

沿着你灰色的空

攀升

攀升吧

你仅仅看到自己的两个膝盖

下陷的

解救的

被黑色布满

闪闪发亮的花

这秘密流淌的伤口

你永久的漩涡

你斗转星移的标本还在吗

你是我的重量

我详尽地哭泣

熟悉的重量把我裹住

我会更加详尽地哭泣

你斗转星移的标本还在吗

你念着：

(亲爱的，亲爱的，

我在十分疲倦的时候画了画

我眼睛明亮得十分像黑暗

我在十分疲倦的时候看河岸的灯

我等你归来的手)

你念着：

我在生活中

说出的每一个字都是我整个的观念

我在生活中是模糊的是具体的

生活偷走我什么

第二天就还给我什么

我所能：

保留着平静与战栗

你斗转星移的标本还在吗

在每一个之外

在每一处天穹的虚空
我都种着口吃的玫瑰

你斗转星移的标本还在吗
黑夜蒙蔽
白昼如我
如我蒙蔽
如我袒露

你斗转星移的标本还在吗
我们挖
往深处挖
手举铁锹
看谁走出
看谁狠
往深处挖
往深处吃
我们做一个痛苦的梦

你斗转星移的标本还在吗
我了解一万个伤口的路径
我怎样转身
像我身上的饰物一样垂下
我曾经的辨认和现在的欢庆

同样存在于天空的深井

你斗转星移的标本还在吗
你有一颗不祥的星星
我有一颗不祥的星星
它的光它的不解
在微妙花种的尖叫声中
安详地捏造

你斗转星移的标本还在吗
挖下种下放下我
我变得大而柔软
在幸福的花苞里
成为线条和圆圈

你斗转星移的标本还在吗
在人的围栏中
我是我的黑夜
是另一些金色的小羊
在僵硬的河流和平原
走成它们的水域

2018

跟随陌生言说

——水印语言童年的诗学

文/陈蒙

一

我和水印的认识缘于 2018 年她在北京宋庄举办"时间之痕"的个展。她给我的感觉是各种意象——她随"爱创造的线条"去寻找生活、词语、色彩、沉默、韵律和节奏。如她诗中所言：

> 我服从饮食与爱创造的这根线条
>
> 如服从纸上命运的书写
>
> ——《恋爱的服从》

我想，诗人之所以"服从纸上命运的书写"，是因为诗人的脉搏与生活、字词的脉搏一齐跳动。书写，在我看来就是忘了该如何自我表达——面对白纸让白纸说话，让事物如同它们自行到来显现那样。

水印的书写和生活给我们鲜活地展现了王尔德的思想——艺术激发生活，生活模仿了艺术。水印也在诗句里表达过："生活/模仿陈述句"。

社会化的技术加速发展导致了灵感在诗歌艺术中逐渐消失，我们需要从生活中重新出发去寻找它。

生活与诗相遇，诗与诗人相遇，就犹如字词与言语相遇。当陌生而亲切的灵感来临时，艺术家只需虔诚去迎接即可，当然也需要时刻倾听世界每一次脉动中那些瞬间的话语节奏。

诗人的写作就是一项倾听语言与灵感的内在性工作，向着内在追随陌生的事物迂回前进。书写不是写自己知道的，而是写自己不知道的。诗人为还未得到揭示的东西而书写，从中传达对陌生事物的惊叹。

语词不会服从诗人，诗人也不会服从语词，只有在二者达成一致且相互尊重时，诗人才能听从于语词，并从语词那里接受纯洁的召唤，与此同时，语词也从诗人那里获得了深邃的生命内涵。诗人懂得，书写最好的方法就是尊重文字的天真和它古老的意指。

我们会懂得，一位孩童引来一个惊奇的世界，一棵小草引出一片草地，一个语词带出一首诗，一个意象便是诗人惊愕的花朵。

诗在话语的模糊空间中打量和观察诗人，它期待诗人像孩童一样对它的未知与陌生做出单纯的回应。我想，诗人也会为它们而着迷，恰如孩童面对陌生世界而好奇。当诗人水印投入到未知之中，就意味着进入陌生之域，从中打开一个崭新的领域。在那里，她才能找到失去的句子，诚如她在上一本诗集《涌上白昼》里所写的一首诗：

　　　　一株花朵的理由
　　　　经过　巧妙的情人

　　　　你用陌生的唇
　　　　吻　丢失了的手

　　　　用你陌生的唇

诗人

吻　失去了的句子

——《诗人的理由》

　　句子与诗人的相遇，一如世界与语言的相遇——它们仿如与
"巧妙的情人"邂逅。诗意无非是某些字词的偶然性邂逅。词语崩
溃处，诗意荡然无存。所以好诗歌意味着字词相互赞赏，并暗中
促成它们之间的亲密联姻。诗意就是这样从彼此认可的字词欢聚
中升腾起来的。诗人谢绝现有的词语或相似的词语，她只惠顾还
未表达的词语和诗句。让我们来听听水印是怎么说的：

词语等待说出的时候

有多少孤独

口含童贞

诗

每一句丢失过的诗

——《日记体是纯洁的壮举》

　　这几句诗道出，每个词语都口含"童贞"，都在孤独地等待。
词语因童贞而不朽，诗人因天真的话语而找到诗的真谛。诗人清
楚，人的童年的话语是各种奇谈怪论的源头，童年之后的岁月则
忘了它们或执意驱散它们。水印明白，要找回"丢失过的诗"，她
就永远像孩童一样在陌生的话语中跟随话语言说，跟随那尚无法
被想象的生活，跟随那颤动不已的意志，因为那里存在着人与世
界相互对峙的呢喃，诗在那里发现世界。
　　诗人把目光投向那没有见过的东西，尽管那陌生的东西很快

就会让她目眩神迷，无所适从，但在那动荡不安、变化莫测中，她瞥见了真实。

对水印而言，诗歌的言语依附其陌生的话语，并把自己献给未知。诚如她写下的：

> 她将自身献给了未知，她遗忘了自身。她孤独，唤醒了秘密。
> ——《涌上白昼·后记》

我们不得不承认未知与陌生是诗歌的土壤，当诗意的话语在陌生处萌芽，诗扎下的根在生长，它的话语在言说。在这里，我们意识到不是诗歌带来陌生化，而是陌生化带来诗歌。

一个把自己献给未知而遗忘自身的诗人，注定如她的名字"水印"这两个字所隐含的自我指涉的意愿一样——诗是水，它随诗人化为不断扩大的印痕。

在此，我们将会联想到水是孕育之母——水保证了萌芽，水保证了持续诞生。

二

水赋予诗人与话语的梦想共同生存的机会，允许它们自由言说，允许它们自由生长。如果说话语是诗人灵魂的花瓣，那么字词就是诗人躯体的肉身。而在诗人每一次言说中，童年是来自陌生处的惊喜。

诗从其本质上说是来自童年的启示，它在诗人最初的童年岁月，就把各种情感和纯真的灵魂要素，交织于诗人的身心。

从童年、从自然、从感官的语言中，我们循着儿童之手找到纯真的信念，唱出纯洁之歌，认出了我们心灵的向导和精神的依托。

> 你是纯洁之手的歌
>
> 在我和你之间肥沃地重复着
>
> ——《纯洁之手》

诗人之歌是在纯洁之手的引领下唱出来的，这歌是在自然的召唤下，大地的邀请中——"肥沃地重复着"。水印在《发生》中道出：

> 当孩子用手在抚摸
>
> 一切即是呈现
>
> 一切即是自然主义
>
> ——《发生》

倘若人的肉体来自自然，那么儿童是离语言最近、离善最近、离自然最近的。

我们每一个人都能体会到儿童的语言和成人的语言的区别：儿童的语言友好而热情，成人的语言冷淡和虚假；儿童的语言澄澈通透，成人的语言晦涩无味。从诗歌本体论来解释，儿童更接近诗歌的原型：儿童与世界、儿童与自然的关系象征着诗歌期待达到一种与天地万物亲密、丰盈的理想状态——这也是语言的原初状态。诗人就是在存有孩童的地方写诗：

> 我在存有你的地方
>
> 写下你
>
> ——《再致乔》

如果说语言的成年是理性的、哲学的语言，那么语言的童年则是非理性的、诗性的语言。诗人只有在"语言的成年"消失之地，才会写出一些更为隐秘和富有生机的语言。客观说来，虽然摆脱语言的成年状态会让言说摇曳不定，但也让言说变得更加有生命活力。对诗学深入研究的人都多少意识到，语言的最佳状态是语言的童年，而语言的成年状态却弥漫着一种悲剧色彩。

> 孩子
> 在存有雾的地方
> 成长着更大的雾
> 它将弥漫着更大的浓郁
> ——《再致乔》

水印以隐喻的方式道出：孩子的长大和语言的成年面临着"更大的雾"，弥漫着更大更"浓郁"的悲剧色彩。诗人感受到，当诗的童年状态结束时，诗人不得不面对语言的悲剧性的事实，于是，诗人只能从记忆中寻找答案：

> 现在你是谁
> 钟声一再传来
> 整夜整夜的木槲是
> 你与你所持横木
> 之间梦的片断
> 定义为一个停滞的笑
> 一个盛放的失败
> 一个极致的插入时间的记忆
> ——《现在你是谁》

诗人不是在理性指导下工作，而是在记忆诱导下工作。当诗人面对"一个盛放的失败"，她只能在"插入时间的记忆"中去寻找。这样，迷失在凡尘意指之中的言语，只有通过诗人回忆起语词当初纯洁无瑕的童年状态，才会重新焕发它的生命和活力。对诗人来说，她的工作就是回忆，即在回忆中重塑语言的童年，找到"那些失了忆的词语"，哪怕在梦中她也在找——

> 在轻飘飘的梦里
> 你再次成为抒情诗人，划着船
> 轻飘飘地向我对应那些失了忆的词语
> ——《我用哑口对应仅有的诚实》

我们不得不承认，诗歌建立在记忆的基础上，诗人对于儿童经验的回忆，使诗歌进入到一种对纯真恒久渴求的意识之中。如此，当诗歌进入天真的世界，诗与儿童意识到的语言是相契合的。

那么语言和童年的关系是什么样的？每当我们回忆起自己的童年，我们就不由得想到草地、河流、高山、森林、小鸟、水、火、土、气这些形象的词语，这词语就是儿童的话语，它们是语言的童年。我们曾经在其中嬉戏、玩耍、行走。那里有万物生灵，那里有累累的硕果，那里有仁慈的天空裸露柔和的微笑，那里就是诗人的故乡。

> 总有个地方名叫故乡
> 婴儿的
> 十个手指
> 抓住什么

当乳房有所朝向的时候

时间和大地

一并洁白繁荣

——《五月的皮毛》

对婴儿来说，一切尚且陌生，但她凭着十个手指就能抓住"时间和大地"，她那幼小的手除了本能地抓住母亲的乳房，还能直接触摸到自然的丰盈：树上的果实、地下的泉水、高山的花朵；她那咿咿呀呀的言语能触及时间和世界的神秘本质。

无可否认，儿童比成年人更接近自然，因为儿童本身的天性是从大自然中来的；而大自然也是哺育诗人成长的慈善母亲，诗人在它的面前永远是个孩子。

丰饶的自然与童年的经验是诗人创作的重要元素。每当水印迷茫无助时，她似乎都在孩子那里得到援助。于是，她在《孩子》一诗中写道：

脸颊

孩子

我说脸颊是我未曾摘到的果子

我一定不能挨着它　　而我会望着你

眼睛

孩子

我说眼睛是我未曾到达的航线

我一定不会描写它　　而我会望着你

鼻子

孩子

我说鼻子是我未曾梦见的地势

我一定不要逼近它　而我会望着你

头发

孩子

我说头发是我未曾谋面的芬芳

我一定不想换取它　而我会望着你

胳膊

孩子

我说胳膊是我未曾转弯的路径

我一定不知所措　而我会望着你

——《孩子》

水印通过与孩子对话的一系列隐喻：脸颊（果子）、眼睛（航线）、鼻子（地势）、头发（芬芳）、胳膊（路径），向我们形象地展示了她瞄准的意象相关物，一些对象，一些非概念的诗意展开，而且在它们面前打开我们的方向与期待的场域。孩子以她"内在的神"作为诗人乃至我们每一个人指路的星辰。"我会望着你"，这在我看来是至关重要的。诗人似乎在向我们暗示：通向我们理性的自然道路必定是经由孩子完成的。

每当我们的言语无法表达神秘的事物，我们都情不自禁地想到儿童，希望能从儿童的言语中得到什么启示。哪怕再才华横溢的诗人，譬如但丁、华兹华斯这类强者诗人也谦卑地向儿童学习。

儿童的言语总能在天真的形象里获得鲜活的肉身，然而，悖谬的现实却总是想方设法去除这些天真的形象。为了抓住知识和语言，我们必须回到源头，而孩子恰好是我们最佳的入口，它直接引导我们发现自己的位置。

每个诗人都会遇到这样的窘境——人类的语言发展到极致，反而不知道如何言说了，就像学会语言之前的婴孩一样变得喃喃自语。面对语言的绝境，每一个诗人都深有体会：为了向陌生处进发就必须摧毁熟悉者，但在陌生面前，语言失效了——语言只能在沉默或者疯癫的语词深处发出喃喃自语的回响。然而，正是在这种情况下，人所言说的才是最本真的话语，而这话语也许就是她早已忘却的儿时语言。这种行为足以诠释诗人为什么在其作品中会以一种孩童的方式言说，那是因为诗人相信：

> 它们通过孩子的嘴唇
> 就更加准确
> ——《那些多出的事物》

是的，"更加准确"的话语，只能"通过孩子的嘴唇"道出。水印在这里向我们直接点明——孩童的话语是诗人最接近源头的话语。

有生命的语言令水印感动。为了抓住言语，诗人必须回到源头，回到语言的"阔地"。她说：

> 腹部
> 孩子
> 我说腹部是我未曾忘记的回路
> 当我望向你们时

我就回来这小小的阔地

——《孩子》

由于诗人的在场，她既亲身体会到永恒母性的伟大，又从中找回语言"未曾忘记的回路"。我们明白，诗人所指的"小小的阔地"，其实就是初生果实（语言的童年）的诞生之地。

在这里，我不得不指出一个严峻的现实：假如成年的我们无法回到语言的诞生之地，那么等待我们的命运将是永远漂泊在理性与观念所支配的语言的悲剧之中。

当然，我们也不用太悲观，因为诗人已经向我们指明，回到曾经属于我们的"阔地"，在那里，我们只需要触摸初生的果实便能拥有健康的语言，因为果实拒绝一切令其腐烂的语言——果实是语言，语言是果实。于是，我们明白了诗人为什么不惜用生命的激情（生命之火）去捍卫果实：

用火一样的美

用火一样的泪

浇灌那颗

不灭的果实

——《艾拉，怀念》

守住果实，我们的生命才会生机勃发；守住果实，我们的书写才会有最终的意义。

三

我们确信，书写的激情是诗人永不停息的使命。由于诗人的书写，我们的语言乃至我们的生命才得以继续。诗人总是在万物的无限孤寂中不停地诘问自己：是否做到了继承造物的姿态替万物发言？是否做到了模仿造物的勇气和想象去创造、去言说？

对每一个诗人来说，世界就是造物待言说的话语，许多事物静默如谜，有待破解。于是，诗人总是想方设法跟上它们的呼吸，跟上世界的节奏，满足空白纸页的渴望。

诗犹如字词的星辰散落的天空，而字词从诗人笔下的白纸上跃然而出，从万物静默如谜中点耀呈现。诗人明白万物嬗变和相互转化：

> 你生我　每天生一次
> 教会辨认不确定的
> 教会不辨认确定的
> ——《在身上平息》

一切都在生成变化——万物皆非万物，存在亦非存在，永远没有任何确定可言。诗人书写难道不是听命于萦绕在她心头的语词么？每一个字词、每一段诗句难道不是听命于一个不确定的此处么？而在此处，诗人通过"辨认不确定的"，看到了从其中散发出来的希望之微光。与此同时，由于它们始终处于无尽的变化之中，它们只能在缺席中与意象联姻。如果说不确定性等同于音乐的节奏，那么这种不确定性孕育出话语，而人通过这种话语表达其感悟和确信。

水印"辨认不确定的"，就是让自己的诗在变化中言说，它将会被一种运动的、意象的言语所肯定。那种言语不太确定地说出了一切，那种言语像鸟儿一样把诗人带往鲜花无限绽放的地方，在那儿，诗人的言说才是最纯粹的。

对诗人来说，诗是在生活之上，对云彩与飞鸟羡慕的言说；诗是在生活之中，对草木与花朵眷恋的言说。诗就像孩童不安分的小手一样，被陌生吸引或被高处吸引。

当我们在黑板上书写，想象着黑夜的星辰——它们可是点亮的符号。正如诗人所写：

> 以星星无声盟约
> 在丰裕与匮乏的敞开中
> 以最初的纯洁照亮着黑暗
> ——《第二时间》

诗人书写，在书写中被每个字词照亮。诗人写下的字词和符号就像"无声盟约"的星丛，其中每一颗星星都有自己动人的意象，都在"丰裕与匮乏的敞开中"。为此，我们必须感激诗人为它光荣的书写和命名。命名是诗人赋予被命名的事物以存在权，让它们从缺席中呈现，让它们在匮乏中丰裕，让它们在黑暗中点亮，并以其特定的生命或物体形态出现，从此为世人所接受。

诚然，诗人也知道有不可命名、不可说的东西，有些事物因被命名而死去，因"删除"而再生。我们需要警惕，在事物被命名之地，有些事物的真实只有在尚未被命名的情况下才能显现出来。也就是说，有些命名只能涉及事物的表象，因为真实之物在被命名之际早已自我消失了。

这么说吧，倘若命名是诗人唯一拥有的权利的话，那么它必定指向陌生之物。诗人的命名是指向未知的一种探索行为。我们也知道，有些事物显示自身，但它们仍属于神秘之物，属于时间的猎物，诗人还需要更加用心去体会。当然，诗人更需要向孩童学习，因为孩童能接收到最隐秘的和谐事物，并凭着天真的心灵和动作把它们轻易破译。

据说伟大的诗人（包括所有的艺术家），都保持着孩子般的特点，他们至死仍保留着童年时期的某些宝贵天性。这就不难理解为什么诗人能在语言的童年的脸上看出黎明是微笑、夜晚是沉睡。诗人在陌生的事物和大自然中听见语言的悸动：

> 听见。诗人用语言触及物体
> 碗，椅，糙石巨柱或大海
> 它们逐一泄露自己的秘密
> ——《秘密》

水印懂得，诗从来都不表达明显的东西，而是表达隐秘的事物，或者说是借事物的表象来泄露它们内在的秘密。

当水印说出这些陌生的东西——神秘之物就向我们迎面而来，它仿佛一种"外来语"将我们言说。我记得，诗歌评论家苏明在《大海的恍惚性》一文中写过：水印的语言是一种外语。这一看法，我很赞同。关于"外语"，哲学家德勒兹有过精彩的阐述，他说但凡杰出的文学作品，都会在它们各自使用的语言中形成某种外来的语言性质。虽然水印的诗歌语言特点有"外语"风格，但用"外语"来讨论水印的语言还是不够的，我认为用"陌生语"来谈论是否显得更深入和贴切一点？

我们只要认真阅读她的文本，就不难发现，水印在语言中挖掘出一种估计连她都感到陌生的语言，当这种语言将她推至一个极限处，那么她就会发现将要到来的语言：

生者，逝者，将要到来者

以一种非常奇怪的方式找到一种声音

——《我化身永恒的爱人》

　　这声音，在我看来可能是音乐，也可能是沉默，它除了与原来的言语对峙，就是跌入回响的沉默之中，它们仿佛是由一个陌生的和弦散发出来的纯粹之音。

　　当然，我也可以进一步指出，这奇怪而独特的语言，就是造物生死轮回的语言，是神灵投射的语言——一种被原始丰饶的大自然、人类梦想及神话共同孕育出来的新生命的语言。

　　我们应该感谢诗人，因为有了诗人，我们的语言及生命得到了揭示；有了诗人，某种神秘的东西才开始显露，某种寻常的事物才变得更加有内涵。

　　从某种意义上讲，诗歌珍爱晦涩，钟情混沌，绘画亦然。在这里，我想顺便提一下水印的绘画艺术，因为她的画和诗是一致的，绘画只不过是她除了诗歌之外的另一种言说方式。她的画作总是在混沌和无意中透出各种惊奇的意象，它是一种有生命力的物性语言和创作者感性印象的结晶体。这些图像与其说是她的想象与感受的产物，不如说是她如孩童般心灵之谜的载体。水印在《谜》中也写道：

　　心灵的原貌

　　有被蒙蔽的玫瑰

　　世上的水坝都仰面

如诗中所言："蒙蔽的玫瑰"和"仰面"的"水坝"都是"心灵的原貌"，它们永远和单纯的事物融为一体。

脱离心灵的艺术是很难打动人的，脱离事物的语词是没有生命力的。这就不难理解，诗歌要求撤出事物的语词重回事物之中——重回事物的原初状态，即语言的原初状态，语言的出生地。

这样，当诗人力图清晰表达的事物变得含混、渐次暗淡的时候，就表明它们富有生机，就意味着它们在暗中酝酿、组织和准备萌芽。它们携带着万物的心灵越过我们，扎进了那个未知的世界。我们知道，在每一个白昼背后都有一个深沉的黑夜：

> 白昼与你之间，是一片隐匿，
> 它们穿戴着新鲜的暗质。
> ——《大走神》

我们没必要怀疑，诗人的执着前行就是为了去寻找这种"新鲜的暗质"。在另一首诗中我们读到诗人的行动与决心：

> 你携带白昼的虚弱
> 你携带黑夜的天梯
> ——《你携带没有地址的卵》

毋庸置疑，诗人的使命就是去表达一个难以理解的、隐匿的世界，她所写的每一个字词犹如"黑夜的天梯"，犹如一根照亮黑暗的灯蕊——字词对诗人言说，恰如灯对夜言说。在一个遥不可及之处言说，在黑夜和荒漠之地言说。在这陌生和混沌的此地，诗人的每一个字词将会揭开一个谜、一个面纱。

在空白的边缘，在深渊的底部，每一种被无限藏匿起来的根都会萌芽，而所有物种的绿叶和花朵的梦想都以无限作为它的养分。

任何有机生命在无限和未知面前，并无逻辑可言。万物通过生命赋予话语，人通过话语肯定或否定自己。在逻辑的必然性和确定性中，我们受尽了逻辑之苦，受尽了成人世界的约束之苦，我们都渴望回到无拘无束的童年生活。客观说来，我们只是偶然性和不确定性的产物。所以，诗人的每一次书写也都是偶然和不确定的"柔和之令"，但别忘了它是伴随着诗人的梦想，轻声许诺的一处："诗意栖居"。

诗人坚信不疑，诗就是跟随陌生、未知去言说，它是要对不可表达之物的见证——那种偶然的、不确定的，以及将要发生的和正在变化的事物正是诗所要见证的。

在书写面前，有那么多未知的清泉滋润着诗的原野，有那么多陌生的事物让人惊奇。诗人水印懂得如何遵循儿童的好奇之心踏上未知之路，如何遵循语言童年的真理去言说，她的心灵也会因此为自己的勇敢付出代价。如果少了对未知的激情和勇敢，我们的思想便会干枯和死去。正是由于诗人向我们开启了思想的无限向往，我们便在诗歌语言的荣耀中，感受到了思想闪烁的光辉。

2021. 6. 22　于北京·小堡

———————————

陈蒙
学者，文艺评论家。

后记

文/水印

　　如何叙述？如何不叙述？如何显现？如何隐匿？如何用语言之谜氤氲并揭开时间与自身的终端帷幔？答：诗。

　　写诗从 2007 年至今的这个早晨，我现在坐在某处。这个某处名叫雁儿湾。如果不是写诗，我说的话大多我自己不喜欢听。我除了诗之外的其余所说，只是我在说，后来我唱我的诗，那个旋律，是早就流淌着的，只有那一个旋律是诗的，我找它出来。为诗本身的孤独与美好而倾诉。

　　鸟儿发出的声音从物理上只是它自己能发出的声音，人不是鸟类，要寻找自我的发声方式，让其言说，使其言说。在诗歌里，如息，也如刀刃。我是我的流淌，我是我的现实与梦境，我是我的发生和藏匿。我是我的诗学和文本。我是我的证据和那一片他者的湖泊与洼地……

　　诗写，是存在予我柔和之令。在召唤里，我唯有这样发声才能在清醒的载渡里，把秘密说出，把秘密隐匿。这极为符合我内在的天性和语言审美上的极端创造。这样，时间与存在是一种解放，是一种更新，也是一种反逆般的洗涤。

　　不能否定的是，从个人精神成长史和原初意义上来说，诗歌于我，是神启。是掉入人间后的下落不明。这份不明，在原始感觉里的时间和天气中，暗含着一切，于时间的蒙昧和生命的周转里，在语言的召唤中轻轻落座，道出另一种外语。在梦掷与言思的肌理里，无声之语是此刻弦定，能解析我的好处和患处，我的问题，我的知觉，我专政的缪斯与广大的谬思。这诗思是全部的存在，给自己，也给他者。这每一个诗语之径平息之处也是下一个燃起之处。在诗写里，我把自身完整献给了时间和时间酿造的秘密。我于存在的迷雾和帷幔里，又一次将安宁我自己的诗写和盘托出，给亲爱的读者。

《柔和之令》是我 2018 年至 2021 年的诗歌作品。出版是诗稿的窗棂，打开窗，看看我的天气，也看看您的。亲爱的读者，愿您柔和。

2021.6.23　于雁儿湾

2022 年我搬工作室，搬家，离开了雁儿湾，蜿蜒的桥梁架起来通往另一处，来到这个地方。这个地方太阳暴晒，日夜安静，我每天看到最多的是园丁和邻居家的园丁，看门的人，和对面锁着的门。天通常很蓝很蓝，鸟儿们凌晨五点开始歌唱。我的孩子也每天拥抱我。——没有理由不热爱生活。这本诗集搁浅了一年，终于要和大家见面。

这本诗集里的诗，大都在以前的家中和雁儿湾工作室写就。一切在天意和时间里被写就，几番整理诗稿，在诗集出生前有生理和心理上抓狂焦虑的反应。——我们明白了生命的历程与世界的历程都是由同一只手写的。所有生活和命运，在返回的时候都将两手空空，多么平静。

感谢视觉设计张致远，感谢艺术家刘劲勋，感谢评论家陈蒙，感谢作家叶舟，感谢你们曾给予的鼓励，感谢在此没有感谢到的人。也感谢美术馆，这几年我的生命状态和作品状态强烈地与美术馆这个场地联结。这本诗集里有几首诗，我哼了曲子，并唱出来，在此，也谢谢现场吉他合作伙伴郑浩，让我的琴声和唱诗声在特定空间里更好更向内。这些人和场景的存在，这些再创造的语境，遇见的帮助与合作，让我感觉生命良好而充满互助。

我把这部诗集献给我的外婆，她叫王六子。她过世于1999年，我幼年的记忆除了我的父母、他们为我养的奶羊、乡村保姆爷爷奶奶，再就是外婆了，她予我温暖之忆。我的脸庞与她最为接近，我度过时间的理想方式与她最为接近。我惊觉我今天才知道她的名字。也惊觉诗集早就分为六辑。"神手中握着我们的行事历，我们与先人互为影子。"友人大弓一郎今天说。

"太初之时大地充满着黑暗，是平坦的，看不到一点地势的起伏。它既没有形状也没有意义。地里什么也没有，地上也是如此，直到有一天，祖先经过这里，留下了痕迹。"

——今天还偶然看见之前的摘抄，好像来自《歌之版图》。

亲爱的读者。

你斗转星移的标本还在吗？一切，都在持续。什么，都没有变，一切，都在被改变。这世上只有，一个问题，唯一的，问题……

搁笔。但愿您在诗光里美好。谢谢诗歌至今而且永久抚摸着心灵的原貌。

2022. 6. 16 于青白石

图书在版编目（CIP）数据

柔和之令 / 水印著. -- 武汉：长江文艺出版社，
2023.1
ISBN 978-7-5702-2728-0

Ⅰ. ①柔… Ⅱ. ①水… Ⅲ. ①诗集－中国－当代
Ⅳ. ①I227

中国版本图书馆 CIP 数据核字（2022）第 071812 号

柔和之令
ROU HE ZHI LING

责任编辑：谈　骁　　　　　　责任校对：毛季慧
装帧设计：张致远　　　　　　责任印制：邱　莉　　王光兴

出版：长江出版传媒　　长江文艺出版社
地址：武汉市雄楚大街268号　　邮编：430070
发行：长江文艺出版社
http://www.cjlap.com
印刷：湖北新华印务有限公司

开本：880 毫米×1230 毫米　　1/32　　印张：7　　插页：4 页
版次：2023 年 1 月第 1 版　　　2023 年 1 月第 1 次印刷
行数：3708 行

定价：58.00 元